本書は父から息子椋大へ贈る
2013年1月から2016年11月までの
写真で綴る闘病記録です。

2013年1月24日
出張先に入った1本の電話が
淡青まとった晴れやかな景色を
別世界へと変えるのに
数秒もかからなかった。
7歳になる息子、椋大が、
耳慣れない名前の病にかかったと
聞かされた瞬間のことだった。

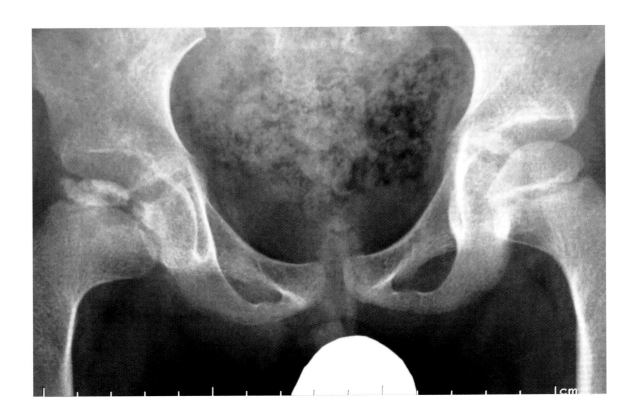

2013年1月30日
原因不明の病、
ペルテス病と宣告された。
ペルテス病は、股関節に位置する
大腿骨骨頭部分の血行が途絶され
骨が壊死してしまうという難病。
滑膜炎期、壊死期、再生期
という期間を経て
治るまでに3年～5年。
そう聞かされた時は、
ただ、ただ、「なぜ?」と
合点がいかない気持ちが
胸の中を埋め尽くした。
そして、突然
椋大は固定装具をつけて、
治療することになった。

2013年2月4日
くわしく検査をするため、
今日から4日間の入院。
開脚するような形で両足に
固定装具をつけて
不自由な様子が心苦しい。
携帯カメラのシャッターを
押した瞬間、

きみは手にしていた本で
そっと顔を覆い隠した。

カメラを向けて、
こんな罪悪感のようなものを
感じたのは初めてだった。
ごめん。
でも、
きみがまた歩けるようになるまで、
がんばる姿をそっと撮り続けよう。

固定装具をつけていると、
拘束されているようで見てるのも辛い。

2013年2月5日
入院2日目。
毎日、面会に訪れていても、
家に帰れない寂しさは、
7歳になったばかりの子どもには
少し辛いよな。
きみもまだ現実だという
実感が湧かないままに、
過ごしているのだろうか?

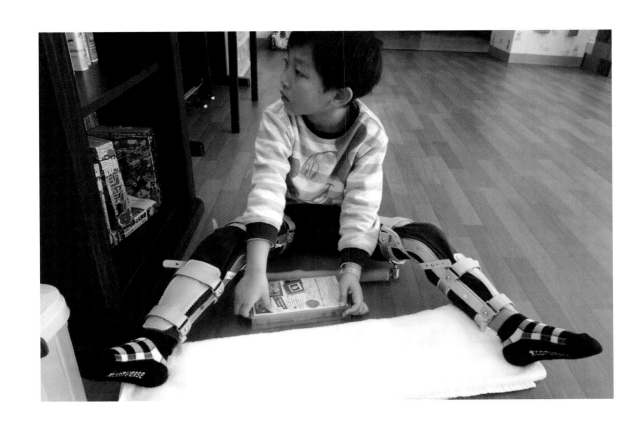

入院3日目。
早く家でごはんを食べたいだろうけど、少しの辛抱。
入院生活は退屈だけど、工夫して上手く過ごしているな。

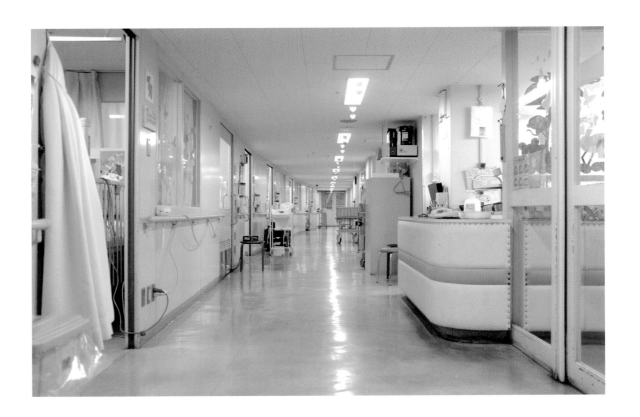

入院 4 日目。
検査入院も今日で終わり、
ひとまず退院。
これから治るまでの長い間
何度もここに来るんだな。

2013年2月8日
退院後、気晴らしにと
病院近くの海へ行った。
そこには、きみの病気を知らせる
電話のベルが鳴ったあの日と同じ
淡青な空が広がっていた。
きみはこの時、
何を思っていたのかな。

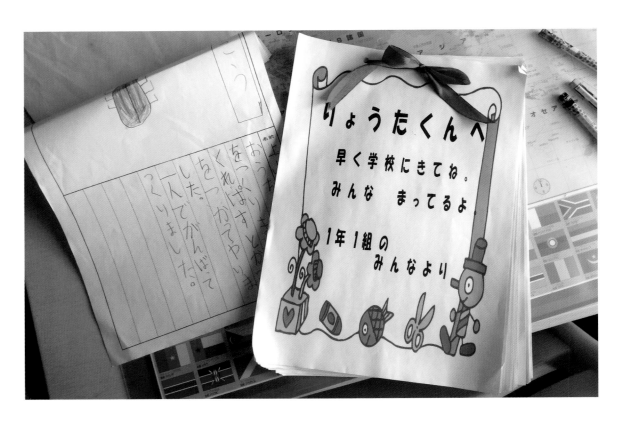

2013年2月28日
学校からお便りが届いた。
クラスの友だちも心配してくれている。
早く学校へ行ってみんなと会いたいな。

2013年4月3日
桜、もうすぐ新学期がはじまる。
これからは慣れない車椅子での
学校生活になるが、上手く過ごしていけるかな。

2013年4月19日
2年生になって
はじめての参観日。
みんなより高くて大きな机。
ひとりだけ目立つようで
恥ずかしかったのか
発表の間は、
また本で顔を覆ってたな。
でも
休み時間になると
友だちが寄って来てくれる
様子が見られてホッとした。

固定装具をつけているきみはいつも後部座席に。
後部座席からのぞくきみの目線はこんな感じかな。
起き上がれないと何も見えないな。

友だちと登下校できなくて寂しいが
お迎えに行くといつも先生が
傍にいてくれたね。

思うように動けないし、
ずっと車椅子の生活は辛いよな。
ストレスの現れかな。

2013年4月23日
ずっと装具をつけていると
腰が痛いから、
寝転ぶ時はいつも
こたつに足をかけてる。
反対側から見るきみは
こんな感じ。

2013年4月28日
日曜日、近くのショッピングモールへ。
きみはゲームに夢中。
少しは気晴らしになったかな。

2013年5月8日
病院にて定期検診。
玄関先では、
元気に泳ぐこいのぼりがお出迎え。

まだ壊死期の最中で、再生期への移行には、
もうしばらくは時間がかかるとのことだった。
でも、4ヶ月経って…なんとか第1ステージクリアしたみたいだ。
ゲームとメンタルは。

病院の帰り路。
寄って来た群れのなかの一羽、
片足の彼だけがきみの元を離れなかった。
同じ想いを共有したかったのだろう。

お気に入りのぬいぐるみと毛布。
寝相が辛そうなので、
少しでも体勢を変えられるように
足の下にクッションを敷いて。
ちゃんと寝れているか心配だ。

36

2013年5月25日
2年生の運動会。
病気になって、はじめての運動会は
楽しみより心配からのはじまり。

北　　魚　　町

先生や友だちに助けてもらいながら、
みんなと同じように一生懸命、
演目をこなしてたな。

今年は
車椅子での参加になったが
先生やみんなに
支えてもらいながら
よくがんばってた。
でも、テント下にいるときだけ
少し寂しそうだったな。

41

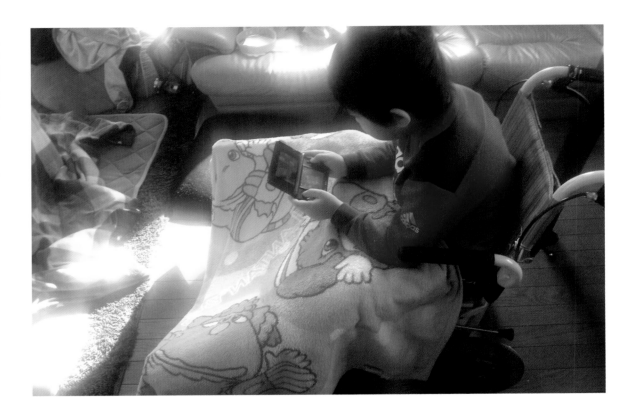

2013年7月8日
お風呂とトイレの時だけ装具から解放されてご機嫌な様子。
当たり前のことが当たり前でなくなるから
感じることも多いよな。

2013年8月8日
今年の夏休みはカブトムシを採りに行けないので、
絵の中の妄想で。
家で過ごす印象が強いからか目の周りを黒く描いているきみ。

2013年8月14日
おねえちゃんと花火。
動けないから水入りバケツの近くで。

2013年8月22日
ケンカもするけど、
いつも傍でいっしょに居てくれる
弟思いの姉。
そういえば、きみが入院する時
一番泣いていたのは、
おねえちゃんだった。

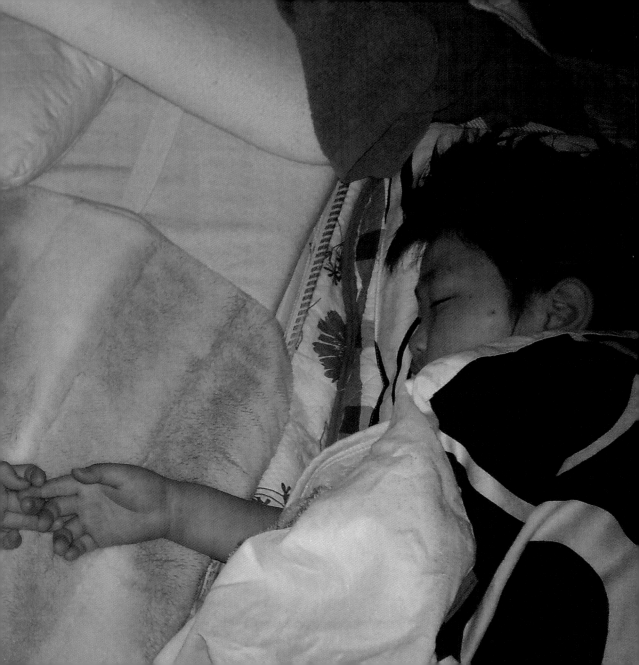

2013年8月28日
定期検診。 ガラス越しで見ている
こっちの心配をものともせずに、
ここまでまだきみの涙を
見てないような気がする。
たくましいな。

壊死期もそろそろ終わり、
再生期に入るだろうとのことだった。

診察室前の待合場所にある
貼り絵の水槽でいつものクイズ。
「カメは何匹いるでしょうか?」
「じゃあサメは?」
図鑑でたくさんの魚や海の生き物の
名前を覚えたし、
足が治ったら本物の水族館へ
観に行こうな。

2014年1月17日
出張の支度をしている脇で眠るきみ。
こういう時の寝顔はとくに凝視してしまう。

2014年3月2日
夜中、
気がつくと座って寝ている。
寝返りも打てず、
本当に辛いよな。
現実を受け入れて耐える
その姿を見ていると、
今すぐ解放してあげたくなる。
これしか言えないけど、
ごめんな…。

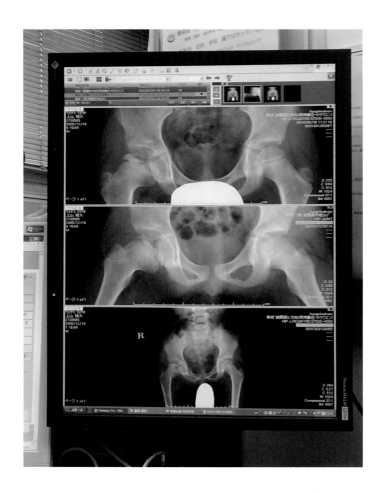

2014年3月26日
再生期も順調に進んでいるようだが
まだまだ左骨頭部分と比べると
球体の形は成しておらず
もう少し時間はかかりそうだ。

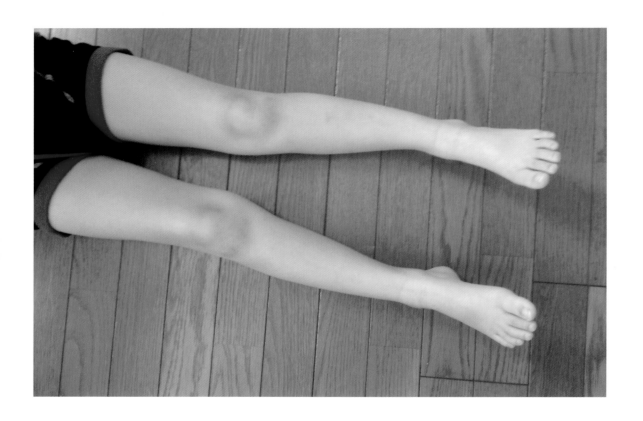

2014年4月28日
ずっと装具をつけての生活が続いたせいか
筋肉も落ちて少し痩せ細ってしまったな…。

2014年5月17日
3年生の運動会。
椋大の左隣には
骨折してしまったお友だちが。
テント下の絆。
お友だちには悪いが、
寂しさも半分こしてくれて
ありがたかった。

62

体育館でみんなとお昼ごはん。
ごはんの時ぐらいはと装具を外したけど
あんまり動いてないからお腹も空かないか。

「みんなお尻真っ白やなあ」「ほんまやなあ」
みんなの泥だらけになった姿を見て
きみは何を思っていたんだろう…。
治ったらみんなと同じようにお尻真っ白にしような。

2014 年 7 月 26 日
4つ折り布団に枕とクッション 2 つ。
そしてジュース、DS、DVD。
おばあちゃん家での定番スタイル。

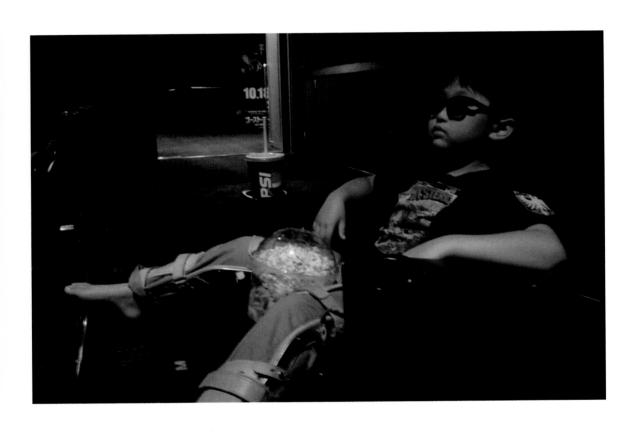

2014年10月12日
休日、3D映画を観に。
装具をつけているからポップコーンのBIGサイズがちょうど足の間に納まる。
久々の映画、楽しそうで良かった。

2015年3月30日
辛そうな時は定期的に装具から解放。
見ているこっちも安らぐ。

2015年6月20日
おばあちゃん家で最近ハマっている
カツとじ弁当。

2015年8月13日
いとこの家の愛犬ルークとツーショット。
寄り添いあっている夏休みの午後の1コマ。

2015年8月20日
4年生の夏。
じいじ、ばあばに買ってもらった机も
まだ1年も使ってないな。

自分で固定装具を
つけるのも手馴れたもの。
再生期も順調だし、
あともう少し。

あれから、3年。
時間というものは、先を見れば長く感じるが、
振り返ると短く感じる。

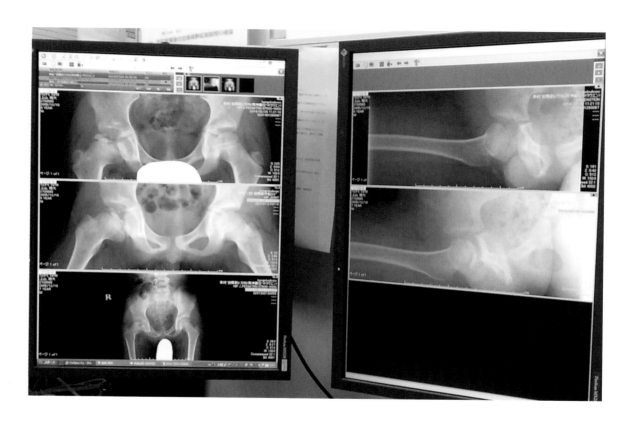

2016年1月25日
「装具を外して様子を診ていきましょう」と、
先生から言葉をもらった。
再生期も順調に回復していってるとのこと。
この言葉をいつもらえるかわからない中で、
本当によくがんばってきたな。
よくがんばった。おめでとう。

ありがとう。

2016年7月24日
大好きなおばあちゃんと映画に。
楽しい昼食タイム。

2016年8月14日
今年はみんなと並んで花火。

2016年11月11日
大好きなおねえちゃんの17回目の誕生日。
きみが普通に生活を送れるようになったこと、
すごく喜んでたよ。
ふたりの絆をより深く紡いでくれたこの数年間は、
かけがえのないものを
築かせてくれたのかもしれない。
もちろんきみの周りにいるすべての人とも。

１年生の春の運動会。

「２番やった…」
「そっか、惜しかったなあ…来年またがんばれな」
「うん」

でも、次もその次も走ることはなかったけど…。
本当によくがんばっていた。
友だちと外でサッカーをしたり、カブトムシを採りに行ったり
走り回って、歩き回って、みんなと同じように生活したいのに…。

３年ぶりの運動会は、
不安で緊張して上手く走れなかっただろうけど、
一番ビリッけつだったけど…。
きみは誰よりも力強くて、たくましくて、
なによりも誇らしかった。

再生への密かな宣言

藤代冥砂（写真家・小説家）

　撮影者にとって、被写体から拒まれる時ほど、切なく、悲しい経験は
ないと思う。それはコミュニケーションの遮断であり、まして被写体が
自分の愛する息子だったら、撮影者の胸のうちは、目頭の熱さを通り越
して、ひんやりとした落胆の感触とともに伝わってくる。

　病気になってしまった自分を撮られたくないという息子の思いは、容
易に想像がつく。こんな自分は自分ではないという認めがたさ。傷つい
た自分に無遠慮にカメラを向ける者への反発。咄嗟の自己防衛。

　普通ならば、そこで撮影を続けることをためらってしまうものだ。だ
が、上山さんは撮影を続けた。それは写真家としての意識の高さが働い
たからではないと私は思う。確かに、それもあるかもしれないが、それ
は僅かで、大半を占めるのは、再生への意志ではないだろうか。

　きみをしっかりと見守っていく。きみをけっしてひとりにはさせない。

きみとひとつになって病気と闘っていく。その親として、同志としての再生への密かな宣言だったのではないだろうか。

　この本を構成する写真は静かだ。けっして雄弁ではない。何かを訴えようともしていないようだ。

　ただ、ただ、そばにいて、時に寄り添っているだけの写真たち。もはや、いい悪いの写真でなくて、ただの写真である。創造の意図や野心もなく、ただ撮るより他がなかった、写真たち。

　僕は、写真家はそのキャリアの中で、一度は、こういう「ただの写真」を撮る時期がなくては嘘だと思う。

　大切なものを前にした時に、ただの写真を撮れる誠実さがなければ、それは人としても嘘ではないか。そんな風に思うのだ。

あとがき

　この写真集は、当時７歳になる私の息子、椋大（りょうた）が突然、難病を発症し、彼の闘病記録を残しておいてあげようと撮影した写真群を元に制作しました。発症するまでは、カメラを向けると笑顔でピースサインをしていたのですが、当時、固定装具をつけた姿を恥ずかしく思った彼が写真を避けるようにしていたこともあり、携帯カメラにて、さりげなく撮影し、記録した写真群となります。

　写真家の藤代冥砂氏が後押しして下さった経緯もあり、また、長年、写真館を営んでいる私にとって、写真の本質的な部分でもある、「記録」することの価値を、改めてたくさんの方に感じていただける機会となればという想いで写真集を作りました。手に取っていただいた事がきっかけで、皆様のご家族・お子様の成長記録など、１枚でも多くの写真（心のカタチ）が残ればたいへん嬉しく思います。そしてまた、同じ病気にかかったお子様をもつご家族や、何か突発的な出来事に苛まれている方々の前向きな心、勇気を生む手助けとなれば幸いです。

"まわりのたくさんの人に助けてもらって、がんばることができました。
ぼくも困っている人がいたら助けてあげられる人間になりたいです。
まわりのみんなに感謝しています" —— 椋大、5年生の時の文集より

　彼の文集の言葉にもありますが、家族、友人、学校、まわりの全ての
方々の手助けがあり、今の彼があること、私も感謝しております。あり
がとうございました。

最後に息子、椋大へ。
　きみはみんなより少し遠回りしたけど、そのぶん、違う景色を見て、
大きな山を越えたくましくなったな。みんなに感謝するその気持ち、誇
らしく思う。これからも楽しみに見守り続けていくよ。きみがあるく、
その道を。

上山　毅

上山 毅（うえやまたけし）

写真家。1971年兵庫県出身。photo therapy timegraph 代表。北海道から沖縄まで県単位の写真関連の業界団体での講師や写真専門雑誌の掲載、プロカメラマン向けの講演、IT企業でのセミナーなど多数。NHK Eテレ 全国放送 密着ドキュメント番組「あしたをつかめ」において若手プロカメラマンの育成・指導者として出演。近年では写真を通じての地域活性プロジェクトや、写真を使った探求学習型、こども育成プロジェクトなど教育分野において写真の新しい価値創造に奮闘している。

きみがあるく
父から難病ペルテス病の息子へ、写真で綴るラブレター

2020年7月26日　第1刷発行

著者　　　上山 毅

発行人　　木村行伸
発行所　　いろは出版
　　　　　〒606-0032
　　　　　京都府京都市左京区岩倉南平岡町74番地
　　　　　Tel 075-712-1680　　Fax 075-712-1681

印刷・製本　中央精版印刷
編集・制作　シー・エム・エス

URL http://hello-iroha.com
MAIL letters@hello-iroha.com